SV

Sonderdruck
edition suhrkamp

Durs Grünbein
Vom Stellenwert der Worte

Frankfurter Poetikvorlesung 2009

Suhrkamp

edition suhrkamp
Sonderdruck
Erste Auflage 2010

Originalausgabe

Druck: Druckhaus Nomos, Sinzheim
Umschlag gestaltet nach einem Konzept
von Willy Fleckhaus: Rolf Staudt
Printed in Germany
ISBN 978-3-518-06140-4

1 2 3 4 5 6 – 15 14 13 12 11 10

Vom Stellenwert der Worte

Frankfurter Poetikvorlesung 2009

»Verse was a special illness of the ear«
W. H. Auden, Rimbaud

1
Jenseits der Avantgarden

Es gibt keine literarischen Manifeste mehr. Nicht nur ist das Wort aus der Mode gekommen, auch die Herausforderung, die mit ihm einherging, hat sich verbraucht und erledigt – jener ästhetische Egoismus, der einzelne Abenteurer oder verschworene Gruppen zur programmatischen Verkündigung in Kunstdingen trieb. Beim Publikum unbeliebt wie der Kriegsdienst und die Bürokratie ist das Diktat der Künstler und Literaten in eigener Sache. Diese haben daraus ihre Schlüsse gezogen und sich in ihre sicheren Reviere zurückgezogen. Aus dem Getümmel lärmender Hegemonialkämpfe ist ein Betrieb der professionell verwalteten Koexistenzen geworden, intoniert vom Tagesgeschäft der Produktwerbung, des Rezensionswesens, der Preisjurys – eine ununterbrochene Frankfurter Buchmesse gewissermaßen.

Der Ortsname sei hier erwähnt, weil es wie immer nicht ganz unwichtig ist, von wo aus einer spricht, der zur öffentlichen Rechenschaft aufgefordert wurde. Geradezu übergehen kann ich ihn also nicht, den

Schauplatz der nun folgenden Vorlesung, dazu ist er zu schaurig und geschichtsbeladen. Daß ich ausgerechnet hier, hinter dem ehemaligen IG-Farben-Haus, meine Ansichten zur Poesie kundtun soll, hat seine eigene bittere Ironie. Können Sie sich einen Zeugen wie Paul Celan in dieser Lage vorstellen? Es hat etwas Heimtückisches, einem Dichter die Realitätsferne seiner Kunst vor Augen zu führen, ihre essentielle Vergeblichkeit, indem man ihn an einen solchen Tatort einbestellt. Die Architektur als brutales Faktum entlarvt die moralische Folgenlosigkeit seiner luftigen Poeterei, bevor er noch ein Wort gesagt hat. Was anderes als Ästhetizismus kann ein Nachdenken über Gedichte sein, wenn es in der Zentrale geschieht, in der einst die Geschäftsunterlagen bearbeitet wurden zur Beihilfe an einem millionenfachen industriellen Mord? Es ist nicht neu, daß die Materie über den Menschen triumphiert, hier aber bekommt man es im Postkartenmotiv veranschaulicht. Wenn solches möglich war, dann scheint der Vorwurf, Dichtung sei unnütz, sie zähle nicht, wohl seine Berechtigung zu haben. Dann findet Literatur offensichtlich in einer schönen Parallelwelt statt, die im verborgenen Einfluß haben mag auf die Moral einiger Menschen, den gewaltsamen Routinen der Geschichte gegenüber jedoch ohnmächtig bleibt. Diese Ohnmacht war das Kennzeichen der schönen Künste insgesamt, in der Poesie findet sie ihren einsamsten, beredtesten Ausdruck.

Ich dachte mir, es ist besser, die Sache gleich beim Namen zu nennen, als dem Verstummen der Erinnerung ein weiteres beredtes Beispiel zu liefern. Doch gestatten Sie mir auch noch diese Anmerkung: Ist es nicht sonderbar, daß auf der einen Seite jener Frankfurter Hörsaal 6, der den Namen des Philosophen trug, der einmal ernsthaft die Frage stellte, ob es nach Auschwitz noch opportun sei, Gedichte zu schreiben, abgerissen werden soll, während zur gleichen Zeit ein Hauptquartier, den schlimmsten Orwellschen Phantasien entsprungen, in den Rang einer Alma mater aufsteigt? Man kann daraus keine Schlüsse ziehen, fürchte ich. Aber wer hier an Ironie der Geschichte denkt, der ist schon auf halbem Wege zu einer Poetik des Sarkasmus, wie sie mir seit meinen frühesten Schreibversuchen den Ton diktiert.

Ich komme zum Ausgangspunkt zurück: es gibt keine Manifeste im Namen der Dichtkunst mehr. Aber nicht nur dies, es gibt, sehr viel länger schon, auch keine normenbildenden, maßstabsetzenden Poetiken mehr. Das literarische Manifest war in den letzten einhundertfünfzig Jahren zum Ersatz geworden für eine Poetik unter den Bedingungen der Moderne. Es ist ihre verkürzte, beschleunigte und vor allem stark lobbyistische Version, Poetik als Flugblatt und Strategiepapier. Zumindest in dieser Form scheint es nun, wie seine ehrwürdige Vorläuferin, ausgedient zu haben. Was einmal aufwühlend war und alle Wahrnehmung auf den Kopf stellte, wird heute in Anthologien wie in Retrospektiven vor großem Publikum ausgebreitet und kunsthistorisch neutralisiert. Symbolismus und Expressionismus, Imagismus und Akmeismus, Surrealismus oder Lettrismus usf. (ich spreche von literarischen Strömungen) sind zu magischen Künstlerformeln von gestern geronnen, Markennamen für Produkte, die keiner mehr herstellt und die man bei Christie's und Sotheby's, wären es Gemälde und Zeichnungen, zu Höchstpreisen ersteigern müßte. Der harte Kern klassischer Moderne ist ausgeglüht. Der letzte Ismus blieb irgendwann in der zweiten Hälfte des zwanzigsten Jahrhunderts auf der Strecke. Aber hatte nicht ein großer Kenner der Szene wie der Romanist Hugo Friedrich in den 50er Jahren bereits warnend festgestellt, fundamental Neues habe die Lyrik des zwanzigsten Jahrhunderts nicht mehr hervorgebracht – »so qualitätvoll auch einige ihrer Dichter sind«, wie er als Liebhaber zugestand? Die Verblüffung über ein solches Urteil dürfte seither eher gewachsen sein. Allein eine Erscheinung wie die Paul Celans entlarvt derlei pauschale Bilanzen als grobe Ignoranz. Es gab und es gibt immer wieder Höhepunkte, singuläre lyrische Werke jenseits der Avantgarden. Doch war der kritische Zwiespalt, den der Lyrikanalytiker offenbarte, nie mehr ganz auszuräumen. Einerseits Bewunderung der klassischen Modernisten, ungebrochenes

Staunen über Schockeffekte und Formrevolutionen, die ihre Frische bewahrt haben bis heute, andererseits Reduktion noch ihrer spektakulärsten Neuerfindungen auf die gemeinsame Stilherkunft von Baudelaire, Rimbaud und Mallarmé, den drei Aposteln moderner Ausdruckskunst in der europäischen Lyrik: Wie ging das zusammen?

Natürlich konnte, wer in der zweiten Jahrhunderthälfte Gedichte zu schreiben begann, von solchen Einschätzungen völlig unbeeindruckt loslegen. Schon darum, weil die Entwicklung unterdessen so offensichtliche Sprünge gemacht hatte, daß keine Zeit mehr blieb für Abstammungsfragen. Kaum war »Die Struktur der modernen Lyrik« erschienen, diese verwegene Abschlußbilanz der freibeuterischen Moderne in der Verskunst, begann international ein solcher Aufbruch in allen Künsten, daß die Befunde von Stagnation, Rückwärtsgewandtheit und Epigonentum wie weggeblasen waren. Nun waren es die Photographie, das Autorenkino, die neue Malerei mit Informel und abstraktem Expressionismus, die multimedialen und konzeptuellen Künste, auch der kritische Journalismus, die zum Schrittmacher wurden für das Gedicht, das sich unter ihrem Einfluß bis zur Unkenntlichkeit verformte. Der Ton hatte sich radikal abgekühlt, er war noch einmal nüchterner geworden, von einer Sachlichkeit, die selbst noch das Pathos der Sachlichkeit, wie es die Großstadtdichter der Weimarer Zeit kultiviert hatten, romantisch aussehen ließ.

Der vollständigen rhetorischen Abrüstung in der Sprache der Kriegsheimkehrer (Günter Eich, Peter Huchel) folgte bei den Jüngeren die strikte Besinnung auf den Kommunikationsaspekt der poetischen Sprache (Enzensberger, Rühmkorf oder im Osten Heiner Müller und Volker Braun). Die Metapher wurde, wie bei dem allgegenwärtigen Bertolt Brecht, zu einer Funktion lyrischer Algebra. Das Gedicht war nun endgültig auf die normale Körpertemperatur abgestimmt. Und es war dies eine Bewegung, die ganz Europa erfaßt hatte, von Skandinavien bis Sizilien und auch über Systemgrenzen hinweg in Ost und West, analog den international sich angleichenden Architekturformen in Glas und Stahlbeton. Typisch für den Gestus jener Jahre ist eine Zeile Pier Paolo Pasolinis aus seinem langen Gedicht-Selbstportrait *Who is me* – die dort mehrmals, geradezu als Beschwörungsformel, gebraucht wird: »Damit du mich nicht liest, wie man einen Dichter liest.« Der Barde des Industriezeitalters war ein erklärter Anti-Orpheus. Er mochte es nicht, daß man ihn mit einem Singvogel verwechselte, einer Engelszunge, einem Belcanto-Tenor. Die Revolution der elektronischen Medien brachte ihm den Gebrauchsaspekt seiner Arbeit zur Besinnung. Er reihte sich ein in das Team der Sprachingenieure, um mit Stalin zu reden; er machte nun einen rein technischen, von Erhabenheit freien Gebrauch vom lyrischen Wort. An die Stelle der künstlichen, elaborierten Stile der europäischen Dichtereliten, von denen jedes Land seine eigene nationalsprachliche Schule hatte, war das selbstreflexive Parlando des soziologischen Durchschnittsmenschen getreten, ein chemisch gereinigtes Idiom, dem die unklaren Träumereien, Melancholien und anmaßenden Ästhetizismen der Großväter als ferne Archaik erschienen. Wer hätte jetzt noch, wie einst Baudelaire, vollmundig sagen können, die Poesie sei das Gift gegen das Laster der Banalität? Im Rückblick mag man von Ausdrucksverarmung reden: Damals wurde es als demokratische Errungenschaft empfunden, als Zuwachs an Reaktionsschnelligkeit, politischem Spürsinn, intellektueller Wachsamkeit, und dementsprechend deklariert. Das Gedicht war nun superaktuell, offen für beinah jedes Thema, eine Cloaca minima aller gesellschaftlichen Probleme. Es war aber auch die tägliche Schnellmahlzeit geworden, Lyrik ein Stoffwechsel zur Verdauung des Banalen in Permanenz. Der Vers, der einmal ein aristokratisches Vergnügen der Seele war, geboren aus der Sehnsucht, zu mißfallen, zu glänzen und zu verwirren, machte sich bald mit allem, was ihm unterkam, gemein. Darin lag seine neue Unverwüstlichkeit, aber vielleicht auch sein größtes Manko. Später versuchte die Konkrete Poesie im systematischen Experiment zu vernichten, was an metaphysischen Restbeständen im lyrischen Wort etwa noch überdauert hatte. Der Vers als Zeugnis einer einzelnen Existenz wurde dem kunstfertigen Sprachspiel und seiner linguistischen Aufarbeitung geopfert. Damit war der Kreis des Sublimen in der Dichtung, im Sinne eines Stefan George, aber auch eines Wallace Stevens etwa, gesprengt, der Weg frei für Dichterei als folgenloses Gesellschaftsspiel zahlreicher Dilettanten. Daß einer sein Leben hätte ändern sollen, nur weil gewisse Stellen in einem Kunstwerk ihm ins Herz gesehen hatten, wäre seither etwas zu viel verlangt gewesen. Literatur war nun wieder der schönste Zeitvertreib, die Poesie ihr apartes Nebenprogramm. Kaum einer hätte jetzt noch den Satz T. S. Eliots unterschreiben können, die Summe eines wagnisreichen, von Krisen und Katastrophen gezeichneten, erfüllten Dichterlebens: »The experience of a poem is the experience both of a moment and of a lifetime.« (Die Erfahrung eines Gedichts ist die Erfahrung eines Augenblicks und gleichzeitig die eines ganzen Lebens.)

2
Skizze zu einer persönlichen Psychopoetik

Wenn ich mich recht entsinne, fing bei mir alles mit einem Geräusch an, einem keineswegs harmlosen Geräusch, eher schon einer akustischen Irritation. Merkwürdig daran war die Plötzlichkeit, mit der es auftauchte, sowie der Riß, den es in der allgemeinen Wahrnehmung hinterließ. Ich war damals viel unterwegs durch die Felder und Wälder am nördlichen Stadtrand Dresdens, der Gegend, in die unsere Kleinfamilie ein günstiges Wohnungsangebot verschlagen hatte. Eine Schulzeit lang und darüber hinaus war Hellerau, die lange vor dem Krieg als Gartenstadt bekannte Mustersiedlung, der Standort, von dem aus ich mit den Schulkameraden und später viel allein die engere Welt erkundete. Gleich hinter den bilderbuchhaften Reihenhäuschen begann eine garstige, künstliche Wildnis aus Tannengrün, Müllbergen, Sanddünen, ein hügelreicher Landschaftsstreifen, der in weiten Teilen als militärisches Übungsgelände genutzt wurde, für große Manöver mit Panzern und Pioniergerät, weshalb der umgebende Forst bei den Leuten das Russenwäldchen hieß. Dort also trieb man sich ganze Nachmittage herum, unbekümmert um die einstige Schönheit der kaputten Barockstadt unten im Tal, die von vielen betrauert wurde. Beim Herumstromern geschah es, daß vor mir aus einem der kümmerlichen Felder eine Taube aufschoß, in so unmittelbarer Nähe, daß mir das Geräusch ihrer Flügel förmlich ins Gesicht sprang. Ohne die Sache allzu sehr aufzubauschen, kann ich sagen: bis heute erinnere ich mich an diesen Augenblick. Er war an sich bedeutungslos, und doch setzte er etwas in Gang, das bis heute nicht aufgehört hat zu funktionieren. Er wurde zum Modell für viele kommende, weit folgenreichere Momente von epiphanischer Qualität. Denn das war es, darum ging es bei dieser kurzen, unverhofften Begegnung, die mir mein ganzes Sein wie in einem Blitzschlag erhellte. Das Gedicht, das daraus entstand, ziemlich spontan und dann in irgendeiner Mappe vergessen, bis ich es mit Anfang Zwanzig, als ich ernsthaft ans Schreiben ging, wiederfand, überrascht und betroffen von seiner verlorenen Schlichtheit: dieses Gedicht begann mit einer Verstörung (einer minimalen seelischen Konfusion), und es endete mit einer Erhebung (einer kaum merklichen Elevation – fern aller Rhetorik und sich selbst und seiner verborgenen Symbolik völlig unbewußt).

Noch einmal scheint alles möglich.
Ich reib mir die wächsernen Hände.
Hoch steht seit jeher der Himmel
Über rundum verschlossnem Gelände.

Die Flügel der Tauben, sie klappern –
Ich sage: wie Flugzeugmodelle.
Im Maisfeld verbirgt sich die Kindheit,
Ein Labyrinth mit verbotenen Stellen.

»Am Feldrain« war der Titel, den es nachträglich bekam (das arme Ding hatte nicht einmal eine Bezeichnung) – im Anhang eines Sammelbandes, unter der lächerlich selbstverwalterischen Rubrik Frühe Gedichte. Es ging wohl darum, das Erlebnis der Initiation, das ihm zugrunde lag, einigermaßen professionell herunterzuspielen. Heute glaube ich, daß ich mit diesen acht ärmlichen Zeilen Zugang zu einem uralten Geheimbund fand. Ich war, ohne offiziell um Erlaubnis ersucht zu haben, eingetreten in eine unsichtbare Institution, in den weltweiten Luftraum der Menschheitsdichtung, und dies mit völlig leeren Händen: so einfach ging das. Aber wer hätten diese offiziellen Stellen auch sein mögen? Es gab keinen Parnassus mehr und weit und breit keine Bruderschaft oder Boheme. Von einer Dichterszene hörte ich zum ersten Mal, als ich an der Berliner Universität mit den beiden Humboldts am Eingang mein Studium begann. Daß der Prenzlauer Berg mit seinen billigen Bruchbuden mein Montparnasse werden würde, mein schäbiger *Salon des Indépendants*, bevölkert von ähnlich idealistischen Nachzüglern wie mir, war nicht beabsichtigt und ergab sich erst später. Die Musen, das hatte ich bei meinen Kursen auf der Volkshochschule begriffen, waren eine abgehalfterte griechische Allegorie. Unter dieser Nummer war schon lange kein Anschluß mehr zu erwarten: da hätte man ebensogut den Damen vom Einwohnermeldeamt oder am Postschalter seine Gedichte vorlesen können. Nein, man wurde nicht mehr förmlich akkreditiert. Man mußte ganz von vorn beginnen, abgeschnitten von aller klassischen (und selbst der modernen) Tradition, im Vakuum einer Gesellschaft, die Literatur nur als ideologische Dienstleistung zuließ. Auch wenn man sich so nicht sehen konnte: man war der junge Barbar, der wider jede Entwicklungslogik eine weggeworfene Kultur auf seine schmächtigen Schultern nahm.

Man spannte sein weißes Blatt Papier in die Schreibmaschine, hackte in die Tasten und trug dann im allerkleinsten Zirkel vor, was man für originell und den anderen zumutbar hielt. Wurde die Sache abgenickt, gehörte man dazu und war als Schriftsteller, Liedermacher, Poet, Untergrundpublizist so gut wie gemacht. *Samizdat* war ein Wort, das ich zuerst in einer Deutschlandfunksendung hörte. Es kam aus dem Russischen und hatte sich im Westen eingebürgert als Ausdruck

für etwas, das wir in Ostberlin auf unsere Weise als blinde Praxis betrieben: ein tunnelartig verzweigtes, publizistisches Forum jenseits der Staatsverlage.
Gesuche, bittstellerische Anträge aller Art sind nie meine Stärke gewesen, und selten bin ich in die Verlegenheit gekommen, ein Bewerbungsschreiben verfassen zu müssen. Dies eine Mal aber kam alles darauf an, daß man erhört wurde. Im Kreise der Gleichgesinnten entstand immerhin eine Ahnung davon, was ein Gedicht ausmacht. Hier konnte man als erstes überprüfen, ob der Trick, die Wörter zum Schweben zu bringen und in der Luft zu halten, ohne daß sie sogleich wieder abstürzten, gelang. Ich habe das Gedicht, diese Karikatur eines Naturgedichts, ausgewählt, weil es mir den besagten mystischen Übertritt auf seine unfertige Weise besonders deutlich dokumentiert. Viel steckte nicht drin in dem Gebilde, darum wurde es später auch aussortiert. Bei aller Naivität seiner Elemente aber blitzte darin doch ein Motiv auf, das sich verfolgen ließ. Und zumindest war das erwähnte Klappern nicht ohne listigen Hintersinn, denkt man an Dichtung als Handwerk, zu dem, wie der Volksmund weiß, eben jenes erwähnte Klappern gehört, und daran, daß Verse auch unbeholfen daherkommen können und dennoch schön und wahrhaftig sind.
Rimbaud war derjenige, der den französischen Vers mutwillig mit seinen Bosheiten attackiert hatte, ihn mit seiner Unverfrorenheit auflud und so die wilden

Streiche der Moderne erst in Gang setzte. An ihm hat sich mancher ein Beispiel genommen, um überhaupt mit der Dichterei anzufangen, brutal und direkt, so wie man sich ans Malen macht, auch ohne jahrelanges Kunsthochschultraining. Ohne den Anschub durch Rimbaud hätte ich vermutlich nie den Mut aufgebracht, einfach so mit dem Schreiben anzufangen.

> Verse was a special illness of the ear;
> Integrity was not enough; that seemed
> The hell of childhood: he must try again.

So Auden 1938 in seinem Sonett über Rimbaud: »Der Vers – ein ganz besondres Ohrenleiden; / Integrität war nicht genug; das schien / Die Hölle einer Kindheit: fang von vorne an.«
Ich erinnere mich an die ersten Rückschläge, als mir einige eingesandte Gedichte vom Redakteur einer Jugendzeitung mit einer altväterlichen Belehrung zurückgeschickt wurden. Man riet mir, am alljährlich stattfindenden »Zentralen Poetenseminar« (in Schwerin) teilzunehmen, was aber schon darum indiskutabel war, weil ich den Verein, der dahinterstand (die Jugendorganisation FDJ), von der Schule her bereits satt hatte. Bei der Vorstellung, meine Weihe zum Dichter unter lauter Blauhemdträgern zu empfangen, schüttelte es mich. Daß mein Zeug in professionellen Ohren wenig Anklang fand, ließ sich verkraften, eine öffent-

liche Diskussion im Kreise aufgeweckter, sozialistischer Musterschüler, unterm Portraitbild des Generalsekretärs, hätte mir das Versemachen wohl ein für allemal ausgetrieben. Lieber werkelte ich im verborgenen weiter, schuf mir, von Freunden und neugierigen Verwandten unbemerkt, ein Paradies, aus dem mich vorerst niemand verjagen konnte – bis mir der Himmel eines Tages einen Mentor sandte in der Gestalt des Dramatikers Heiner Müller, einen wahren Protektor, der meine Manuskripte in langen Nächten mit mir besprach und später ohne mein Wissen in die Welt hinausbeförderte. Dort landeten sie schließlich auf einem Schreibtisch in Frankfurt, nicht weit von hier, in einem namhaften Verlagshaus, dessen Chef mich dann, Ende der achtziger Jahre, bei einem Blitzbesuch in Ostberlin wie das verlorene Fohlen in seinem Rennstall willkommen hieß.

Interessant an dem kleinen Gedicht scheint mir heute sein Schluß, die jähe Rückbesinnung auf die Kindheit, durch das Geräusch ausgelöst, das seinerseits wie die Parodie eines Beifallklatschens wirkte. Warum gerade dieses zur sprichwörtlichen Inspiration wurde, läßt sich nicht sagen, wichtig ist nur die Wirkung, dieses jähe Emporgerissenwerden, das zum ersten Mal eine Draufsicht auf den eigenen kurzen Lebensweg erlaubte. Es braucht schon die Vogelperspektive, um die Schneisen in einem Maisfeld zu erkennen, die sich von oben als dunkles Linienmuster abzeichnen. Ohne zu wissen, was ein Sinnbild ist und welch komplexe Zwecke es für die Psyche erfüllen kann, war das Unbewußte hier auf einen Zufallsfund gestoßen. Unfaßbar: eine ganze Lebensepoche mit all ihren Untiefen lag da in einem schlichten Landschaftsbild veranschaulicht vor mir.

Aber obgleich darin Flügel vorkamen: vom Fliegen konnte noch keine Rede sein. Das Ding schmierte gleich wieder ab, wie in der Schule diese weißen Papierflieger, die keine fünf Meter weit kamen, wenn man sie ungeschickt gefaltet hatte. Und doch begann hier einer, den Sektor des Vertrauten zu überschreiten. Das Unheimliche seiner Umgebung zog seine Aufmerksamkeit an, der doppelte Boden, in dem die zurückgelegten Jahre versanken. Immerhin sprach aus dem Fazit vom rundum verschlossenen Gelände eine Ahnung von der Ungeheuerlichkeit eines historisch durch und durch kontaminierten Raumes. Damit war natürlich die Welt des sozialistischen Imperiums gemeint, jenes bolschewistisch-byzantinische Großreich, in das Geschichte (oder besser: ein Federstrich auf einer Konferenz im fernen Jalta mitten im Zweiten Weltkrieg) den Sprecher von Kind an verbannt hatte. In meinem dritten Gedichtband, der den versteckten Hinweis auf dem Buchumschlag trug (»Falten und Fallen«), wird dieser Raum einmal blitzartig erhellt und mit dem Körper, der da umherstolperte, kurzgeschlossen. Der

Gesichtsnerv des Sprechers, sein *nervus trigeminus*, hält als zentrales Sensorium die Verbindung zu dieser Landschaft; die Landschaft umgekehrt schreibt sich als Atlas subkutan ein.

> Undenkbar, daß ein Kind, beim Ausflug auf seinem neuen Fahrrad,
> Hinter dem Drahtzaun dem fernen Kirgisen im Wachturm,
> Dem sibirischen Posten nicht winken sollte, so nah.
> Überall gab es Tatorte, graue Regionen. Ein kalter Atlas
> Wuchs mit der Kopfhaut über Nacken und Stirn,
> Mit jedem Gesichtsnerv, vom Regen erregt,
> Bis man das Rauschen von innen erkannte: den Osten,
> Die bleiernen Flüsse, die Ebenen, diese Erde im Dauerfrost,
> Alles was groß war, verloren und weit bis nach Wladiwostok.
> Jeder Schuß zog einen Strich durch den offenen Raum …

Vor der Haustür begann eine Sphäre, die sich geographisch über viele Längengrade und Zeitzonen erstreckte, vom heimischen Sachsen bis in die innerste Mongolei, die politisch dagegen von einer einzigen Herrschaftsform bestimmt wurde, welche den Rest des Erdballs zum Tabubereich deklarierte. Ich habe dieser Landmasse, in Umkehrung der Verhältnisse und um das atmosphärisch Zwielichtige, seinerseits Tabubelastete dieser meiner Nicht-Heimat zu betonen, eine Metapher angehängt, die meinem ersten Gedichtband den Titel gab: »Grauzone morgens«. Die darin versammelten Stücke, eine Auswahl aus einer ersten, unschuldigen Überproduktionsphase, die sich nach dem vorzeitigen Abbruch des Studiums ergab, umkreisten fast alle den frühen Morgen, hier als Motiv des Beginnens verstanden. Das waren, auf ihre eigene stockende und verstockte Weise, Tagelieder aus einer sich ins Alltagsgrau hüllenden sozialistischen Lebenswelt, nur daß ihr Sänger nicht als erinnerungsseliger Troubadour umherging, sondern als verdeckter Beobachter, der aus der Jackentasche heraus seine Photos schoß. Das waren fast allesamt ziemlich verwackelte Schwarzweißaufnahmen. Die ich übrigens nie verleugnen würde, so fremd mir auch der Ton, der hier angeschlagen wird, geworden ist. Heute sehe ich das schmale gelbe Bändchen als Präludium zu einer Dichterwerdung, als eigenständiges *opusculum* durchaus, aber der Durchbruch lag doch erst jenseits von ihm. Charakteristisch war den Gedichten in »Grauzone morgens« ihre Suchbewegung, die sich schon im Schriftbild zeigte, im willkürlichen Enjambement des primitiven Prosaverses, das, wie mir später auffiel, keiner Zerreißprobe standhalten würde. Die unverschämte Mischung aus Freistil und idiomatischer *arte povera* macht ihren Charme aus – Frühreife war ihrem Autor jedenfalls nicht anzulasten.

Das gleiche gilt auch für die federleichte Epiphanie am Feldrain. Die kleine Skizze, und das macht sie mir wertvoll, ist ein Kassiber aus dem allerengsten ersten Lebenskreis. Der Sprecher hat von der Welt nur ein winzig kleines Areal kennengelernt. Europa, Übersee und die Küsten der Ozeane wird er erst viele Jahre später auf Reisen erleben. Bis dahin blieb sein Erfahrungsraum auf ein Dreiländereck aus Ostdeutschland, Polen und der Tschechoslowakei beschränkt. Sein Horizont endete an jener dünnen Linie über der Ostsee, die für das unerreichbare Dänemark stand, aber ebenso das sagenhafte, versunkene Vineta hätte sein können. Die Taube verkörperte eine Sehnsucht, die sich bald zum zwanghaften Fluchttraum auswachsen sollte und noch später zu der fixen Idee, nicht nur Staatsgrenzen und Beton-Mauern überwinden zu können, sondern die Fesseln von Zeit und Raum überhaupt. Eine Idee, die sich nur durch Poesie verwirklichen ließ. Nur im Schreiben war man so frei, ein paar innere Augenblicke lang einer tropischen Libelle zu folgen und sich gleich darauf am Disput zweier antiker Philosophen zu beteiligen.

Wenn ich heute diese acht dürftigen Zeilen lese, springt mir darin der Wunsch ins Auge, einen Nullpunkt zu finden – einen eigenen, wie auch immer armseligen Anfang. Damals konnte ich noch nicht wissen, was ich heute aus langer Erfahrung weiß: daß ein Gedicht, das sich als echt herausstellt, aus Hunderten Zufällen geboren wird und daß die Gedichte sich jedesmal neu erfinden und Rezepturen und Regeln nur alles verderben. Schon darum ist jeder Versuch einer Poetik für den praktizierenden Autor ein gefährliches Unternehmen.

Allenfalls kann er darüber reden, wer aus dem Riesenheer der toten Schriftsteller es war, der ihn als erster beiseite nahm mit seinen Büchern. Es mag heute keine Rolle mehr spielen, aber ich gebe zu, meine literarische Sozialisation begann mit den Epikern. Dabei war es mir gleichgültig, ob sie mich in die Welt des Adels oder des höheren Bürgertums mitnahmen, in proletarische Höllen schleppten, in Revolutionszeiten und Bürgerkriegswirren entführten oder in ferne Länder, auf abenteuerliche Expeditionen und Odysseen. Man kann sich gut vorstellen, an welche Favoriten man mit solch einer Einstellung geriet. Neben den üblichen Verdächtigen, den Großromanciers der Weltliteratur, die mir zur Phantasiebildung so nützlich wurden wie jedem, waren es langfristig gesehen die Außenseiter, die meine Aufmerksamkeit wirklich forderten und bis heute erregen. Ich meine die euphorischen Metaphoriker, vielschichtigen Wortkünstler, Salamander des Ausdrucks, Pioniere der erleuchteten Imagination, sagen wir Leute wie Bruno Schulz, Carlo Emilio Gadda oder Isaac Babel, um willkürlich drei Autoren herauszugreifen, deren Schreibweisen mir früh imponierten. Es waren die Meister der Kunstprosa, Mythologen der Realität, die Spektralphysiker der erzählenden Philologie, die mir als erste ein Gefühl für das Abenteuerliche dieser Tätigkeit vermittelten. Mit anderen Worten: nicht von Anfang an war ich auf den Vers und das Verseschreiben geeicht. Ich bin es im Grunde noch immer nicht, auch wenn ich hauptberuflich nichts anderes tue. Mit der Prosa geht es mir, ich nehme an, wie den meisten Lesern: Es ist die süße Versunkenheit in die Kontinuität eines Wortstroms, je majestätischer, um so besser, die uns bei Laune hält, die stetige Verführung zum Weiterlesen, die aber im einzelnen oft nur ein flüchtiges Wortvergnügen bereitet. Sie enthält die heimliche Aufforderung zum Überspringen und Überfliegen, der Sog ist wichtiger als die Aura, die mit einer absoluten Wortkonstellation einhergehen kann. Aus irgendeinem Grunde, der mir bis heute verborgen ist, wollte ich plötzlich innehalten, anstatt immer so weiterzulesen, vorwärtsgetrieben, als sei das Worteaneinanderreihen ein einziger Ausfluß, den niemand stoppen kann. So geriet ich an die Gedichte.

Ich las zuerst alles, was mir an dunkel klingenden Versen zugänglich war, es mußte nur hinreichend rätselhaft und unalltäglich gestrickt sein. Auch ein bestimmter Widerstand gegen die vorherrschende Sprachlogik und das eiserne Gehäuse der Grammatik fanden schnell meine Sympathie. Eine gewisse Vorliebe oder besser noch: Schwäche für Hölderlins *Nachtgesänge*,

Trakls Salzburger Halluzinationen oder die *Hymnen* des Novalis ergab sich so wie von selbst. Es war die stärkste Dosis, die mir die deutsche Sprache, als Droge verabreicht, zu bieten hatte, und ich nahm davon, soviel ich kriegen konnte. Ich dopte mich mit den Romantikern, hatte eine kurze und heftige Affäre mit Annette von Droste-Hülshoff, die mich mit ihren Taxushecken und westfälischen Mooren noch manchmal heimsucht. Später geriet ich dann an Georg Heym und einige der Apokalyptiker aus dem Umkreis der »Menschheitsdämmerung« sowie der »Anthologie der Abseitigen«. Ich war tatsächlich beeindruckt von dem Neopathetiker Jakob van Hoddis, sah an Ivan Goll, wie das ging, aus der Nähe zur Malerei der Pariser Moderne Ideen zu schöpfen – was mich auf Apollinaire und die Seinen einstimmte –, und blieb schließlich an Gottfried Benn hängen, für eine gewisse Zeit. Das erste, was ich von dem im Osten verpönten dichtenden Arzt kennenlernte, ein Fremdkörper (fast Anti-Körper) in einer Expressionistenauswahl, war keines der Morgue-Gedichte, nichts von Syphilis, Krebs und Leistenbruch, sondern eines seiner frühen »abstrakten« Stücke in Collagetechnik. Es ging darin um eine Schnepfe, die bejagt wurde. Die Darstellung konzentrierte sich auf das Physikalische des Vorgangs, streifte die Theologie und kam, in dem berühmten Nominalstil (»Luftdichte, Barometerstand, Isobaren«), der sich als Parodie des wissenschaftlichen Objektivismus las, über Kopernikus, Newton und das Dritte Wärmegesetz, in einer letzten unfaßbar absurden Volte auf den Brief der Patentante zu sprechen – das alles

> Unter dem Begriff: Schnepfenjagd.
> Eine kleine Stadt dämmert auf: Kellergeruch, Konditorjungen,
> Bedürfnisanstalt mit Wartefrau ...
> Durch's Erlenholz kam sie entlang gestrichen – – – –

war der Titel, dem tatsächlich vier lange Striche folgten, und in diesen vier Gedankenstrichen lag eine ganze neue lyrische Welt begründet. Das Schwindelgefühl, das seine kühl kalkulierten Dissonanzen mir bereiteten, mag vergangen sein, geblieben ist die geradezu plakative Neuheit. Das war so befremdlich und kompositionstechnisch revolutionär, daß mir der Eindruck dieser paar Zeilen unvergeßlich blieb. Das Gedicht enthielt gleichsam schon seine eigene Analyse, es war seinen Deutern um Sprünge voraus. Dagegen waren die anderen alle Akkordeonspieler, trunkene Reimer, Nachzügler einer überlieferten Harmonielehre der Poesie.

Damals lernte ich Gedichte stereometrisch lesen, auf ihren unbewußten Symbolgehalt hin, während sich mir langsam ihre innermusikalischen Phänomene erschlossen. Einige der suggestiven Terzinen Hofmannsthals schlichen sich ins Unbewußte ein; von

Stefan George kam ein erster Wink in Richtung Baudelaire und Mallarmé, bei denen einen weit schärfere Reize erwarteten und die Stringenzen, gewissermaßen das Rohopium der *Poésie pure*. Der herrisch grimmige Rudolf Borchardt ist mir früh begegnet und hat mich als erster auf die geologische Tiefenschichtung der Dichtersprache aufmerksam gemacht, ihren historischen Sinn (den ich dann später bei T. S. Eliot und Ezra Pound so viel weltumfassender, um ferne Kulturkreise erweitert, wiederfand). Eine Weile lang erreichten mich auch der prophetische Ton der Moderne, und dann sein unabwendbarer Bankrott in der Parodie, die Spielereien eines Jules Laforgue oder Christian Morgenstern. »Hört ihr den Ruf der Silbergäule?« Und ob ich ihn gehört hatte. Nur schweben mußten sie, diese ironischen, komisch-satirischen Verse, dem banalen Alltagsausdruck entronnen sein, anders hätten sie sich mir nicht eingeprägt. Überhaupt vergaß ich das meiste sofort wieder oder verdrängte es, wie man die Erinnerung an frühere Räusche nur zu gern verdrängt. Aber nach allem Ausschlafen, das weiß ich noch, blieb mir doch manches, das weiterhin im Kopf herumspukte. Etwa ein so kleines, zeitlich fernes und dabei so nahes Gebilde wie Hölderlins »Hardt im Winkel«.

Hinunter sinket der Wald,
Und Knospen ähnlich, hängen
Einwärts die Blätter, denen

Blüht unten auf ein Grund,
Nicht gar unmündig.
Da nämlich ist Ulrich
Gegangen; oft sinnt, über den Fußtritt,
Ein groß Schicksal
Bereit, an übrigem Orte.

Ich weigerte mich, das zu interpretieren, das war und ist nie meine Aufgabe gewesen. Mich erreichte davon vor allem die einzigartig befremdliche Fügung – ein schwebendes Klangbild. Die Worte waren in einen semantischen Schwingungszustand versetzt, dadurch, daß sie in einer neuen, strengeren Ordnung auftraten, mit einer höheren Massenzahl versehen: sie begannen gleichsam radioaktiv zu strahlen. Dabei entging mir fast die Pointe: daß hier ein biographischer Bezugspunkt hergestellt war, aus der Nähe zum Geburtsort des Dichters, ein denkwürdiger Ort, von dem der Sprecher sagen wollte: »Hier bin ich gewesen. Hier ist mein Sein mit der regionalen Geschichte verknüpft.« Das Gedicht diente also der Verankerung einer Existenz, diese verlor mit dem trigonometrischen Akt etwas von ihrer Flüchtigkeit. Die Schlußkadenz, dies »Ein groß Schicksal / Bereit, an übrigem Orte«, ist mir als Formel im Gedächtnis geblieben. Sie deutete darauf hin, worum es im Schreiben möglicherweise insgeheim ging. Darum, sein Schicksal herauszufordern und zu gewinnen, unverwechselbar zu werden, sich selbst und sein einmaliges Leben und Wesen auf die Landkarte zu setzen.

Seltsamerweise war mir das alles noch immer nicht hermetisch genug – hermetisch im Sinne der eigenen »inneren Abgründe«. Es waren kaum mehr als Streifen am heiteren Himmel des Gemüts, ich scheue mich, hier von Einfluß zu reden. Ohnehin spielen sich Einflüsse unter Künstlern, die auf der Hut sind, weitgehend im Unbewußten ab. Und weil oftmals von seiten der Forschung danach gefragt wird: man übernimmt nichts direkt von anderen. Das poetische Handwerk ist kein Import-Export-Handel. Man nimmt, was einem wertvoll erscheint, mit auf die eigene Reise. An den Dichtern, die einen ein Leben lang begleiten, erfreut einen die Einstellung zur Sache, die in manchen Punkten mit der eigenen übereinstimmt. Doch ist diese, im Falle des jungen Dichters, zugleich erst im Werden, und wahrscheinlich besteht darin jene latente Gefahr, die ein amerikanischer Literaturprofessor mit der Formel von der »Einfluß-Angst« dramatisierend umschrieb.

Die zentrale Erfahrung dieser ersten intensiven Dichterlektüren war das durch Vereinzelung freigesetzte, in einen Traumzustand versetzte Wort, das seine Echos durch Zeiten und Räume von überall her empfing. Dieses Wort aber schien bereits tief in mir selbst angelegt zu sein, es wurde gewissermaßen aus dem innersten Speicher abgerufen und funktionierte nun als freies Radikal, das im Gehirn immer neue Verbindungen einging. Doch das begriff ich erst später. Der vorläufige Effekt war, daß ich tatsächlich eine Weile lang in diesem Hölderlin-Ton zu schreiben versuchte. Bei Johannes Bobrowski ließ sich seine zeitgenössische Variante studieren, übertragen auf ein anderes Landschaftsmodell, Ostpreußen anstelle des gräzisierten Schwabenlandes. Aber was hieß das schon? Kurz darauf saß ich dann da und fabrizierte einen ganzen Sommer lang Sonette, zuletzt mehr als fünfzig Stück, nur weil mich Rilkes *Neue Gedichte* so infiziert hatten, daß ich sie dringend nachahmen mußte. Das heißt: ich hielt mich an ihren Gestus, ihren Zeilenfall; der Existenzschwerpunkt lag derweil anderswo, zwischen Abiturpensum und Pubertät. Das war also der Dichtungstrieb, unerklärlich in seinem Auftauchen, und vorerst kaum mehr als das: ein fortwährendes Hämmern im Kopf, dem man nicht ausweichen konnte. Es sollte noch Jahre dauern, bis ich erstmals Halt fand in einem Akt elegischer Aneignung: in ein paar Zeilen, die sich um das kaputte Dresden drehten, die im Weltkrieg so schrecklich zerstörte Stadt im Elbtal. Das Motiv gab dem ersten Buch, über jedes Lokalkolorit hinaus, die Grundierung. Doch schon im zweiten kam es dann zum Bruch, den der Titel unmißverständlich bloßlegte: »Schädelbasislektion«.

Versuch im Ton eines anderen zu schreiben

Die Berliner Mauer war mittlerweile gefallen, über Nacht war das Sozialistische Großreich hinter dem Limes zugrunde gegangen. Die Ereignisse überstürzten sich nun. Der Ostblock brach auseinander: ein Land nach dem anderen schickte sich in seine demokratische Transformation. Was da geschah, glich jener Kettenreaktion, von der sie uns im Physikunterricht erzählt hatten im Zusammenhang mit der Wasserstoffbombe, an deren Beispiel man die Bedrohung durch den Westen verdeutlicht bekam (auch wenn sie dann in ihrer transportablen kriegstauglichen Version zum ersten Mal in den Steppen der Sowjetunion gezündet wurde). Die Bombe sollte über ein Vieltausendfaches der Sprengkraft der Hiroshima-Bombe verfügen, und tatsächlich wurde damals, nachdem die elektrische Abstoßungskraft überwunden war, mit der Fusion der verfeindeten Systeme eine Energie frei, die noch die letzte Weltgegend erreichte. Wohin ich kam, war die Wirkung zu spüren, und ich kam plötzlich weit herum, wurde von Kulturinstituten eingeladen, auf Poesiefestivals freundlich empfangen. Ich sah Paris und Pompeji, die Park Avenue und auf Paros die weißen Marmorbrüche, und all das im Monatsrhythmus, und das war allerdings mehr als die Diashows, die man im Dresdner Hygienemuseum früher zu sehen bekam.

Mit der Befreiung kam nun zum ersten Mal ein Gefühl der Ortlosigkeit auf, des Hineingleitens in einen vollkommen unbekannten, enormen Raum (damals las ich mit Beklommenheit E. E. Cummings' Weltkriegs-Roman *The Enormous Room*). Das Gefühl, als durchaus berauschend empfunden, war auch innerlich grenzauflösend. Seine Majestät, der Körper, meldete sich und mit ihm eine völlig neue Erscheinung: das strömungsoffene Ich. Es war, als wäre man nach einem schweren historischen Unfall, einer Massenkarambolage, unter den Trümmern hervorgekrochen, selber leicht leckgeschlagen, aber wie neugeboren. Damals widerfuhr mir, was noch jeder Dichter mit Stolz und Verwunderung seine Stimme finden genannt hat. Nun handelt es sich dabei um einen so mysteriösen Vorgang, daß der Betroffene lange um eine Erkärung verlegen ist. Wie hat man sich das vorzustellen?

Ist Sprache eine Art rohes Gesteinsmaterial, Resultat kollektiver geologischer Prozesse, von dem der Einzelne sich dann Stücke abschlägt und sie so lange schleift, bis sie genau die von ihm gewünschte Form annehmen? Ist sie ein allgemeiner Mitteilungslärm, aus dem das Ohr des Dichters sich seine eigenen Melodielinien abzweigt? Oder ist die natürliche Sprechweise eines solchen auf Verse gepolten Menschen, seine tief psychisch bedingte Art der Phrasierung und Kadenzierung, Betonung und Ausdrucksschwankung, der wahre Hintergrund seiner poetischen Stimme?
Wie wir wissen, ist Sprache das einzige nichtexklusive,

immer verfügbare, künstlerische Material: eines, das von allen Menschen benutzt wird, von Nicht-Lesern ebenso wie von Lesern, und dies zu jeder Zeit und zu jedem beliebigen Zweck, vorzugsweise dem der Verständigung. Der Poet also muß, anders als der Aquarellmaler, der Photograph, der Bronzebildhauer, mit einem Abfallprodukt vorliebnehmen, wenn er nach formbarem Werkstoff sucht. Die wenigsten schenken diesem Material eine besondere Beachtung: es wird, noch im Gebrauch, weggeworfen, ein flüchtiger Stoff, der sich so gut wie nie abnutzt (oder nur in bestimmten abgetragenen Wendungen). Insofern sind Verse tatsächlich Unkraut. Sie wachsen, wie eine große russische Dichterin bemerkte, auf dem Müll. Der Nachgeborene kann hinzufügen: auch im Medienmüll. Und eines Tages hat man seine eigene rabiate Methode entwickelt, sie dort zu pflücken. Tatsächlich gehört eine gewisse Kaltblütigkeit dazu. Die poetische Stimme hält mit Bedacht die Mitte zwischen der Lust am Noch-nie-Gesagten und einem Reden, wie einem der Schnabel gewachsen ist. Ich gab damals, gleichsam als Pressemeldung, den folgenden Achtzeiler durch:

Unterm Nachtrand hervor
Tauch ich stumm mir entgegen.
In mir rauscht es. Mein Ohr
Geht spazieren im Regen.
Eine Stimme (nicht meine)

Bleibt zurück, monoton.
Dann ein Ruck: Knochen, Steine.
... Schädelbasislektion.

Und das war es, damit war ich im Spiel und konnte mich fortan frei bewegen. Die Stimme des Autors war nun annonciert und gleichzeitig bis zum nächsten Widerruf dementiert. Erst langsam begann ich zu begreifen, welchen Paradoxa das Gedichteschreiben ausgesetzt war. Zu seinen konstitutiven Widersprüchen gehörte es, daß man nie sagen konnte, aus wie vielen Stimmen sich die eigene Stimme zusammensetzte. Nicht nur war man selbst weitaus mehr als bloß dieser Eine, sondern man war auch, als sogenanntes lyrisches Ich, immer nur punktuell deckungsgleich mit dem geistigen Wesen, das sich dahinter verbarg und das man als einziger kannte. Die Römer wußten um dieses schauspielerhafte Element jeder öffentlichen Äußerung, auch der intimen des Dichters, und hatten nicht ohne Grund dafür den Begriff der *persona* geprägt. Die Person aber, die man im allgemeinen darunter versteht, das juristisch und sozial definierte Wesen, ist gerade ihr Gegenteil: man geht nicht als Filmfigur durch sein Leben, man trägt als reale Person seinen Personalausweis. Aber nicht um den äußeren Menschen, den mit den polizeilichen Kennzeichen, geht es dem Subjekt der poetischen Stimme, sondern um jenen Unbekannten hinter der Maske. »Larvatus prodeo« hatte der Philosoph Descartes sich als Lebensmotto auserkoren – »Ich trete nur maskiert hervor« – und damit das Janusköpfige jeder Autorposition auf die Formel gebracht. Er ging sogar, indem er den Ausdruck »Larve« vorzog, noch einen Schritt hinter die Theaterillusion zurück ins Gespensterreich, zu den Laren und Ahnengeistern, wohin es zuletzt auch die Poesie zieht. Denn hier berührt sich das Geschäft noch des jüngsten Dichters mit dem der ältesten Philosophie. Und warum sollte man einen William Blake, einen René Descartes auch nicht zusammendenken können – nur weil der eine als Visionär durch die Zeiten segelt, der andere als verstockter Rationalist? Die Imagination ist ein Hybrid, sie bedient sich vieler Methoden, um ans Ziel zu gelangen: dem der maximalen, farbenreichsten Erkenntnis. Es war sein »Daimonion« (der Dämon), der Sokrates die entscheidenden Schritte im Leben diktierte. Nach griechischer Auffassung war damit eine innere Stimme göttlichen Ursprungs gemeint, die durchaus auch als Einspruch gegen alle Vernunft (den Logos) auftreten konnte. Oder in der elliptischen Reimsprache der »Schädelbasislektion«.

Zwischen Sprache und mir
Streunt, Alarm in den Blicken,
Ein geschlechtskrankes Tier.
Nichts wird ganz unterdrücken,

Was mein Tier-Ich fixiert
Hält – den Gedankenstrich, kahl,
Gegen Zeit imprägniert:
Bruch, der aufgeht im All.

Und noch ein weiterer Zwiespalt kennzeichnet sein ganzes Tun. Was war eine Verszeile denn, wenn man sie nackt auf der Buchseite sah, dies schwarze Gekräusel und Aufgebot von dressierten Lettern? Nichts als ein bloßes Abbild der Stimme – *vocis imago*. Die äußerst verwickelte Metapher stammte von Vergil. Eines Tages aber stieß ich bei Ausonius, dem spätantiken Kleinmeister, auf ihre logische Fortsetzung. In einem raffinierten Epigramm war es diesem gelungen, alle hier in Frage stehenden Parameter gegeneinander zu isolieren und zum ersten Mal wirklich zu erfassen. Bei ihm fängt die poetische Stimme ihr eigenes postumes Echo ein. Sie begreift sich selbst als einzige Überlebende, Relikt des Körpers, wenn nach dem Abgang des Autors nichts als das Schriftbild einer Gedichtzeile stehengeblieben ist. Mag sein, daß ihr darum immer etwas latent Klagendes anhaftet, ein leitmotivisches, wenn auch oft gut verborgenes Verlustgefühl, als wäre der heimliche Nenner aller Gedichte die Elegie. Ausonius hatte den Haken an der Sache erfaßt: es war die physische Abwesenheit der Dichterstimme, die zugleich intensivste Vergegenwärtigung werden kann, sobald sie im Herzen des Lesers widerhallte.

Tochter der Sprache bin ich, der Luft, Mutter der losen
Indizien, ganz Stimme, nachdem der Geist entflog.

Und war nicht sein Zweizeiler selbst der beste Beweis? So bekannt der Gemeinplatz auch war, hundertfach vor ihm schon abgegriffen das Gleichnis von der Nymphe Echo, auf diese Weise hatte es bisher nur einer formuliert. Mit anderen Worten: Rhythmus, Metrik, Kadenz, all das waren rein sekundäre Phänomene, die sich der Stimmführung, der persönlichen Artikulationsweise des Gedichteschreibers, seinem Tonfall und Temperament fügten. Der Vers ist das Integral der Persönlichkeit. Das Gedicht wird im Glücksfall zur Charakterzeichnung dessen, der aus ihm spricht. Die Gesamtheit der Gedichte, die einer geschrieben hat, ergibt eines Tages das Kompendium seiner Gedanken und Gefühle. Je weiter einer mit dieser persönlichen Sprechweise vorankommt, desto facettenreicher wird er sich offenbart haben – um so größer die Chance, daß andere in ihren Ansichten, Freuden und Nöten sich in ihm wiedererkennen. Nur was von den Hauptstraßen abweicht, hat Aussicht, irgendwann auf der gemeinsamen Lichtung anzukommen.

Ein Gedicht, das mir in besonders lebhafter Erinnerung ist, weil es abermals einen Wendepunkt markierte, trägt den erklärungsbedürftigen Titel »Ostrakon Dresden 1284«. Wieder war es eines von denen, die zunächst in den Mappen verschwanden oder bei einem der vielen Umzüge in den neunziger Jahren zuunterst gerieten. In einer früheren Version hatte ich es an eine österreichische Literaturzeitschrift geschickt, mit ein paar pseudowissenschaftlichen Fußnoten gespickt, einschließlich einer obskuren Herausgeberfiktion. Ein gewisser Anonymus No. 13 trat da auf, derselbe, der später einen ganzen Gedichtband verantworten sollte, die Epitaph-Sammlung »Den Teuren Toten«. Ostrakon war das Codewort für den Sturz durch die Zeiten. Es spielte auf die Tonscherben an, auf denen Ausgräber, zur Freude der Philologen, einige der bedeutendsten Textfunde griechischer Klassiker gemacht hatten, so die Fragmente der Sappho, von Archilochos einiges wie auch von Sophokles. Später waren diese terrakottafarbenen Bruchstücke dann, einzeln mit Nummern bepinselt, in die Depots der Altertümermuseen gewandert, nach Petersburg oder Paris.

Ich zitiere das Gedicht, weil es für mich in vieler Hinsicht eine Neuorientierung bedeutete. »Ostrakon Dresden« signalisierte den Einbruch der Antike in meine Arbeiten, hier verstanden als Archäologie der Gefühle und überdauernden Motive. War nicht der Körper selbst, auch der des heutigen, von Ultraschallsonden begrüßten, pharmazeutisch rundumversorgten Homo sapiens, im Licht poetischer Überlieferung etwas wie eine Antike? Bewußt stellten die Zeilen sich in die Tradition der sogenannten »Schlaflosigkeitsgedichte«, deren ältestes Sapphos Nachtgesang unter den Plejaden, deren für immer eindringlichstes mir Ossip Mandelstams »Schlaflosigkeit. Homer …« wurde. Von hier aus ließ sich getrost in die Zukunft segeln.

Wach liege ich, wach, und die Nacht
Verdunkelt, was hell war an mir
Bis zuletzt: diese Haut.

Durch die blauen Matratzen, den Rost,
Sickert Wasser in salzigen Tropfen,
Oder ist es das Fleisch?

Die Stunden umrundend, von Ohr zu Ohr
Wandert der Atem, der ferne Puls,
Ausgesetzt hinter der Wand.

Einen sterblichen Körper, von Schwerkraft
Gebannt, näht ein erloschener Stern mich
Mit seinem Restlicht aufs Bett.

Dort draußen ist alles mir zu gewaltig.
Vom Facettenauge der kleinsten Fliege
Geht noch Vernichtung aus.

Das war, so würde ich heute sagen, gegen viele Dämonen gleichzeitig gesprochen: gegen die Gefahr der Ortlosigkeit, die Furcht vor der eigenen Inkohärenz und das Pochen der Vanitas in den jungen Schläfen. Aber auch gegen die wachsende Distanz unserer Zeit zu den prägenden Urmomenten der westlichen Kultur, die tiefen Schatten, die sich in die humanistische Überlieferung eingefressen hatten. Kaum war die große historische Krise der Systemkonflikte (die Ära des Kalten Krieges) überstanden, zeichneten sich die ersten Schrecken eines kommenden biologistischen Zeitalters ab, das den Abbau des Menschen zu einer kontrolliert reproduzierbaren, rein statistischen Größe betrieb. Meine Generation war die letzte, die den Winter der Systeme noch bewußt miterlebt hat, und von Anfang an war ihre Haltung: wir jammern nicht, wir konstatieren. Dies war die Wurzel der oben erwähnten Poetik des Sarkastischen.

Tröstlich war das Gefühl, als Stenograph der eigenen Sterblichkeit für Momente erhört worden zu sein. In einer relativ friedlichen Nische des Erdballs hatte da einer sein Ich als Fragment der Menschheit wiedererkannt. Salopp ausgedrückt, war dies ein Gedicht, das mit einer Klatsche gleich mehrere Fliegen zu schlagen versuchte. Es war ein Experiment in antiker Form von einem, der eben die Schätze der *Anthologia Graeca* für sich entdeckt hatte, das heißt die denkbar demokratischste Form von Dichtung, in der jeder Dahergelaufene, Laie oder Scholastikus, mitspielen durfte, sobald er genügend Witz und Phantasie aufbrachte. Das hieß, es gab immer schon, unterhalb des Kanons, das Sammelsurium Tausender verschollener Stimmen, ganz wie in den Lyrik-Anthologien von heute, die auf dem Buchmarkt einander verdrängen.

Daneben war es, was allmählich zu einer Erkennungsmelodie dieser Arbeiten wurde, eine Fortsetzung jenes Gesprächs zwischen Seele und Körper – »A dialogue between the soul and body«, wie es in Andrew Marvells gleichnamigem Gedicht heißt. Andere mögen herausfinden, ob hier ein Strukturmoment vorliegt, und eine Verästelung bis in jede Nebenzelle verfolgen. Die cartesische Spaltung, der wir die Erfindung des modernen Subjekts – des bewußtseinslastigen, Wissenschaft treibenden, mittels Technik sich umgestaltenden (auch des gedichteschreibenden) Subjekts von heute verdanken, ist mir in ihren Auswirkungen auf alle Lebensbereiche damals erst aufgegangen. Eine weitere Auffälligkeit sind die beharrlichen Hell-Dunkel-Relationen, in denen die Spannung von Bewußtsein und Leib ihren Ausdruck fand – das *Chiaroscuro* der täglichen Existenz, die Wetterwechsel auch im Gemüt. In jener Zeit begann die Malerei der Caravaggisten mich brennend zu interessieren. Vielmehr, sie hatte sich längst eingeschlichen in die reizbarsten Bereiche der Imagination, dorthin, wo die Kompositionsmuster sich herausbilden. Früh schon, bei den regelmäßigen Besuchen der Dresdner Gemäldegalerie, für den weniger bildungshungrigen als ausblicksbegierigen Schüler unerläßlich, waren es vor allem die Rembrandts, die das Betrachterauge vor der Leinwand wie an einem Kohlebecken verweilen ließen. Und dann klang hier zum ersten Mal voll das Motiv der »verlorenen Stadt« an. Jeder kennt die Unglücksgeschichte Dresdens, längst ist sie zum kollektiven Gerede zerronnen, aber dem staunenden Nachgeborenen war sie in diesem Moment erst in ihrer ganzen Dimension, nämlich physisch greifbar geworden. Nur zu leicht konnte man sich mit einem stolzen Bedauern auf Boris Pasternak berufen: »Denn uns erzog die Schönheit der Ruinen.« Aber man wußte auch schon, daß einem Geschichte hier den Boden unter den Füßen weggezogen hatte. Die Aushöhlung des Urbanen selbst, das Verschwinden ganzer Lebenswelten im Orkus, buchstäblich über Nacht, und der totale kulturelle Gedächtnisausfall erzeugten im Ohr des Nachgeborenen ein eigentümliches Rauschen. Es war, als würde man am Regler eines alten Radioempfängers drehen, auf der Suche nach Sendern, die alle längst den Betrieb eingestellt hatten, von denen nur die Namen auf der leuchtenden Skala geblieben waren: Warschau, Lemberg, Strasburg, Hilversum ... »Was sich sonst dem Blick empfohlen / Mit Jahrhunderten ist hin«, hieß es dazu in der transironischen, mit allen Wassern der

Altersweisheit gewaschenen Sprache des Goetheschen *Faust*.

Ein Stück, das dieses Motiv der Entortung dann zum Tenor hat, ist aus dem fünften Buch der elfteilige Zyklus »Europa nach dem letzten Regen«. Ortlosigkeit wird darin verstanden als Entwurzelung gleichsam vom Erdreich her, durch den vergifteten Boden – die freilich nichts ist gegen Vertreibung und Immigration, wie sie in Zeiten der Globalisierung millionenfaches Schicksal werden. Das sagt einer, dem allmählich dämmert, welcher Luxus das in Zukunft sein wird: eine kulturelle Identität.

Raumlos, Erinnerung ... und keine Stadt,
An die man sich, heimkehrend, halten kann.
Wo dieser Vorwärtsdrang ein Ende hat,
In welchem Wann?

Den ersten Fluß verteilt das Wassernetz
In jede Unterkunft. Auf kaltem Heizungsrohr
Stehn rostrot Tropfen bis zuletzt.
Spüllärm im Ohr

Reißt das Verzeichnis früher Straßen fort.
Die man im Schlaf fand, Plätze, garantiert
Vom Laufenlernen ... sind jetzt allerorts
Evakuiert.

Die Erinnerung wecken, den Geist eines Ortes – für

sich im stillen, weit weg vom Geschehen, ließ sich das jederzeit machen. Was aber war, wenn der Ort längst geräumt war, hinterrücks neu verplant, mit allen Kräften verfälscht, als Kulisse musealisiert? Dem Heimkehrer blieb zuletzt nur das in die Luft gezeichnete Bild – Rilkes Beschwörungsformel: »Erkennst du mich, Luft, du, voll noch einst meiniger Orte?«
Gewiß, die Landschaft der Imagination wird niemals identisch sein mit jener dort draußen, aber die äußere Welt schien ins Gedicht hinein wie die zartblauen, lindgrünen Panoramen auf den Madonnenbildern der Frührenaissance.

Die meisten meiner Gedichte sind tatsächlich »draußen« entstanden, unter freiem Himmel, beim Umherstreunen, Durchwandern der Städte und Landschaften. Sie sind insofern Produkte einer Freilichtmalerei, im Freien geschaffene Skulpturen aus Worten. Der Schreibtisch ist nur das Atelier, in dem sie nachbearbeitet wurden. Es beginnt immer mit einer Klangfolge, einem Satzpartikel, selten ist es schon eine ganze Zeile, ein verbaler Melodieverlauf.

> Muß hinausgehn immer, rauh die Luft, erst dann
> Bricht aus Mauernhinterhalt, vertraut, der Ton.

heißt es in einem Stück aus dem vorerst letzten Gedichtband »Strophen für übermorgen«. Und plötzlich erscheint auch das Bild des Autors oder vielmehr das seiner Stimme als Atemhauch in die gläsernen Schichten eines Novembertages eingezeichnet.

Bin nur Komma hier, die Frostluft ritzendes Kolon.
Schließ mich, unsichtbar, dem Nachweltalltag an.
Dieses Rauschen ist, postum, das Ohr gewohnt.

Und im selben Band findet sich dann ein Gedicht, mit dem der hier angedeutete Kreis sich schließen könnte. »Für die limbischen Archive« markiert einen dieser seltenen Momente, niemals willentlich herbeizuführen, da ein Prozeß nach langen Jahren des Suchens und Ausprobierens zur Ruhe kommt. Es ist, als wären die Dinge plötzlich an ihren Platz gerückt, durch eine winzige Drehung der Gesamteinstellung in eine höhere Ordnung versetzt: Das Motiv erscheint dann, ganz im Sinne des dialektischen Philosophen, auf einmal im Vers »aufgehoben«. Es kommt nicht oft vor, aber in diesem Moment hat man das Gefühl, im Schreiben wirklich etwas erreicht zu haben. Ein winziges Bruchstück der Zeit ist so, durch den Sturm der Symbole und Assoziationen hindurch, gerettet worden. Oder wie es im letzten Band von Marcel Prousts lebensumspannender Recherche heißt: »wiedergefunden«.

Nun gehst du sie bewußt, die alten Vorstadtwege.
Das Licht hat sie, der Arrangeur, zurechtgehext.
Hier lernte man, mit Augen weit, beiseitelegen,

Was im Gedächtnisgroßraum wächst und wächst.
Barfüßig war man da zu Hause, sah die Schienen
Der Straßenbahn geschmolzen in der Sommerhitze.
Die Knie brannten nachts von Goldruten, Lupinen.
Das war die Kindheitschronik, in die Haut geritzt.

Was nimmt man mit sich in den nächsten Schlaf?
Nicht viel, ein Inbild für die limbischen Archive,
Das sich als Beute in der Ermitage dann findet.
In jedem Bordstein drohend funkelte ein Epitaph,
Das nichts bedeutet hat dem zeitentrückten Kind.
Und heute trittst du hier die Schuhabsätze schief.

Ich gebe zu bedenken, daß hier nur einer von mehreren roten Fäden verfolgt werden konnte. Entwicklungsschritte ließen sich lediglich andeuten, in Gedankenstrichen und Sprüngen. Über Stock und Stein dreier Jahrzehnte hinweg führte ein Weg, der durch Krisen und Brüche, äußerer wie innerer Natur, gekennzeichnet war. Und immer strebt man als Dichter, bewußt oder unbewußt, auf den nächsten bedrohlichen Nullpunkt zu. »Man findet sich bestätigt durch die Werdung des letzten Gedichts und bedroht durch die Unfaßbarkeit des nächsten«, wie es ein irischer Zeitgenosse, Seamus Heaney, in seiner charmanten Art einmal eingestand. Die nötige Trance ist das zerbrechliche Teil in der Ausrüstung des Dichters – so lapidar sagt es Goethe.

Aber wie hoch das Risiko auch sein mag, Dichtung läßt sich nie aus der Defensive betreiben. Sie ist eine anspruchsvolle Disziplin, den Dämonen der Psyche näher als den öffentlichen Diskursen, der verborgenen seelischen Dramatik in jedem Einzelwesen enger verwandt als der Demokratie ihrer geläuterten Körper.

Ein Dichter, der sich mit Lyriktheorie abgibt, geht kein geringes Risiko ein. Leicht beginnt er sich im Gestrüpp der allzu klaren Definitionen zu verheddern und kommt vom einzig gangbaren Weg ab, dem seiner Praxis, die zu einem gut Teil noch immer aus Prozessen des Unbewußten besteht und einer großen Portion Finderglück. »Eigentlich glaube ich, daß alle Theorien zur Poetik bloße Hilfsmittel für das Schreiben eines Gedichts sind«, sagt einer wie Borges. Und es läßt sich hinzufügen: Schon beim nächsten versagen sie.

Vorbei sind die Zeiten, da Poetik noch Regelwerk hieß und die Dichtung überschaubar in Gattungen aufgeteilt stand. Im einundzwanzigsten Jahrhundert schreibt jeder Autor an seiner eigenen, nur für ihn selbst gültigen Poetik, und die allerwenigsten tun dies explizit. Ihre Methode geht aus dem Schreibprozeß selbst hervor, aus den immer neuen Versuchsanordnungen, deren Resultate rückwirkend Maßstäbe bilden, sich als Methode erkennen lassen. Im Extremfall, eine gewisse Qualität vorausgesetzt, gibt es am Ende so viele Poetiken, wie es Autoren mit überzeugender

Formfindung gibt. Anders gesagt: wenn einer schließlich eine Poetik hat, wird er sie hüten wie die Kochrezepte der Großmutter.
Auch ich kann zum Schluß lediglich ein paar Thesen in den Raum stellen. Es sind, aus den Tiefen verschiedener Notizbücher gefischt, verstreute Behauptungen, allenfalls Ansätze zu einem zukünftigen persönlichen Manifest. Ich bin kein Konstruktivist, ich glaube nicht an das hundertprozentig *gemachte*, vollständig durchkalkulierte Gedicht. Worauf es in Wirklichkeit ankommt, ist die eine unbewachte Sekunde, der Moment der Eingebung, der sich niemals erzwingen läßt und doch alles entscheidet. Er bringt den Anfang, er setzt die Prozesse der Sinngebung in Gang. Das Gedicht ist die literarische Form, die am reinsten den Moment des Beginnens festhält, man könnte so weit gehen zu sagen, daß ein großer Teil der Dichtung nur aus der Lust entspringt, so oft wie möglich von vorn zu beginnen.

3
Vom Stellenwert der Worte

1.
Poesie ist Subjektmagie als Sprachereignis. Ihre Voraussetzung bis gestern war, was die Philosophie unserer Tage in sachlicher Rückschau ein *Altsubjekt* nannte, also der einzelne imposante und interessante Mensch, die Charaktergestalt, ein Wesen mit exemplarischer Biographie, dessen Euphorien und Krisen beispielhaft waren wie sein Erleben und seine Ansichten. In der *Ars poetica* des Horaz, der einzigen aus der Sicht eines Praktikers geschriebenen, die uns die Antike überlieferte, ist er der entscheidende Faktor neben der Dichtung selbst und ihrer Technik. Er ist die konkrete Naturkraft, die alles lenkt. Solchen einzelnen gewittrigen Psychen – den Wanderern, Wahrsagern, Sprachalchemisten, Sprengmeistern und Ausdrucksneurotikern – verdankt die Poesie ihre größten Entwicklungsschübe. In Zeiten schwächer werdender oder sich auflösender Subjekte deutet vieles darauf hin, daß sie sich ganz auf das reine Sprachereignis reduziert. Bis dahin punktiert sie uns weiter mit

ihren feinen, nadelstichtiefen Subjektsignalen – die natürlich immer nur lokal wirken werden.

2.

Dies wäre der Kern meiner versuchsweisen Poetik: die Theorie vom Ortssinn der Worte. Schwingungswert und Stellenwert des in den Vers gebundenen Wortes bedingen einander. Der Stellenwert ist zugleich auch der Gradient für den Ortssinn der Worte, man könnte sagen: ihr Heimweh nach einer stabilen Bedeutung für den Einzelnen, der mit ihrer Hilfe seine Existenz in Zeit und Raum zu verankern hofft. In der Poesie kommt es, wie auf die Variablen in mathematischen Gleichungen, auf das einzelne Wort an. Eines mehr, eines weniger und seine Stellung im Kontext können über Lebenswege, persönliche Sympathien entscheiden. Jedes Wort hat seine Auftrittszeit. Dichter sind Leute, die das Auftauchen der Worte im rechten Augenblick als die eigentliche Aufgabe ihrer Kunst verinnerlicht haben. Was nicht heißt, daß sie der Maximalforderung immer gewachsen sind, doch ahnen sie zumindest, worum es geht.

Alles kommt darauf an, das Wort an der richtigen Stelle im Vers anklingen zu lassen, nicht zu früh, nicht zu spät. Der Stellenwert ergibt sich aus dem Bedeutungszusammenhang im Gedicht, seiner semantischen Architektur, aber auch, da jedes Gedicht zugleich ein dramatisches Ereignis ist, aus seiner Dramaturgie, das heißt der inneren Struktur, die auf eine größtmögliche Wirkkraft der Worte angelegt ist. Der Stellenwert bestimmt sich demnach sowohl semantisch und kontextuell als auch prosodisch und erst in zweiter Linie grammatisch. Im elektrischen Feld des präzisen Kontexts erst blüht das Wort im Gedicht zu voller Größe und Wirkung auf.

Alphabetisierung bewirkt, daß die Worte uns alle gleich nah, gleich fern erscheinen und als jederzeit verfügbar, sobald die Orthographie erst einmal beherrscht wird. Bis dahin aber bleiben sie bloße Vokabeln. Ihre wahre Bedeutung gewinnen sie erst im Licht der Erfahrung. Jedes bekommt im Leben in einem bestimmten Moment erst seinen durchschlagenden Sinn und wird erst dann gleichsam scharfgestellt. Dichtung inszeniert den Moment der persönlichen Einsicht in das, was Sprache immer schon sagen will. Baudelaire drückt es so aus: »Im Wort liegt etwas Heiliges, das uns verbietet, mit ihm ein Zufallsspiel zu treiben. Eine Sprache kunstvoll handhaben heißt eine Art Beschwörungszauber ausüben.«

3.

Das am wenigsten leichtfertige Ausdrucksprinzip ist der Vers. Es ist das mit Abstand widerständigste Prinzip gegen die Nichtigkeit und Vergänglichkeit alles Gesagten, das mit der härtesten Resistenz gegen den Verschleiß aller Bedeutungen. Es gibt kein besseres Mittel als den Vers, Sprache in einem Akt höchster Konzentration so zuzuspitzen, daß sie Funken schlägt und sich selbst offenbart. Denn immer ist es die Sprache, die über den Umweg des ausdrucksbegierigen Subjekts etwas über sich selbst enthüllt, ihren inneren Zellenbau, ihre Geschichte und Herkunft, das Kollektivwerk ihrer Redeweisen und Regeln.

4.
Vom Reim: Hin und wieder bricht der Reim durch die Sprache hindurch, zuckt auf in diesem oder jenem Dichterhirn. Dies geschieht aber unwillkürlich, der Reim wird nicht gesucht, er findet sich. Manchmal löst er sich wie ein Schuß in der Stille. Oder er ist dieser ungehobelte Kobold, der mit den Synkopen spielt, mit den Konsonanten seinen Schabernack treibt.

5.
Die Zukunft der Poesie liegt im Satz.

6.
Es gibt das Hin- und Herwogen der Entwicklungsprinzipien – Formauflösung, Formwiederherstellung, Formtransformation –, und es gibt, durch all das hindurch, die Kontinuität dichterischer Überlieferung. Das Bild aus Zerstörungen bleibt weiterhin Bild. Diesseits der Dekrete und Manifeste hat sich, über die Jahrhunderte hinweg, der Dialog zwischen ein-

zelnen Sprechern erhalten, die sich daran erkennen, daß sie etwas zu sagen haben. Jeder Dogmatismus der Moderne, auch der spielerischste, ruft irgendwann Einspruch hervor. »Ach, dieses idiotische Farbenalphabet Rimbauds!« stöhnt Ossip Mandelstam auf, in Gedenken an die Einbandfarbe der Puschkin-Ausgabe im Bücherschrank seiner Eltern. Gemeint waren die »Vokale«, Rimbauds Paradestück einer lyrischen Synästhesie, das zu jedem der Selbstlaute A, E, I, O, U ein Farbenfeuerwerk abbrennt und so ein Schwindelgefühl erzeugt durch den reinen Metaphernwirbel. Erstaunlicherweise geschah dies noch immer in den Formen der Petrarca und Shakespeare. Rimbauds sinneverwirrende Pyrotechnik kommt aus der geordneten Batterie eines klassischen Sonetts. Seine Moderne schöpfte ihre Kraft aus der Hybridisierung. Seither haben die Dichter nichts unversucht gelassen, uns mit Seltsamkeiten, Superlativen, Extremismen und Bizarrerien im Reich des Ausdrucks zu verblüffen. Immer aber zog sich ein feiner roter Faden durch die genuinen Gedichte, die wenigen, die ihre natürliche Botschaft durch alle Formrevolutionen hindurchzuschmuggeln verstanden. Das unerhört Neue, glaube ich, wird nicht mehr in der plakativen Ästhetik des Gedichts zu suchen sein, es zeigt sich nun in den Feinstrukturen der Verse.

7.
Jedes Gedicht ist eine Einzelzeichnung, ein Kleinmusikstück kraft der ihm innewohnenden Formel – von einem wie Hölderlin *das gesetzliche Kalkül* genannt. Bei immer neuen Akkorden, einer schier unendlichen Kombinatorik, kann die Dichtung doch nie ihre Nähe zur einfachen Instrumentalkomposition verleugnen. Der volle Orchesterklang liegt nicht in ihrer Reichweite. Sie bleibt dem Prinzip der Solostimme verbunden.

8.
Das Anschauliche des Gedichts verdankt sich einem Ultraillusionismus des Geistes. Gedichte werden gleichsam mit geschlossenen Augen gelesen. Aus Analogien und Metaphern rekonstruiert der Leser eine Welt im Licht seines inneren Himmels. Er liest im Gedicht in sich selbst.

9.
Dichtung versetzt die Sprache in einen Traumzustand, in dem sie sich der zudringlichen Realitäten meditierend vergewissert. Gedichte sind Höhenflüge des Bewußtseins, Extrarunden, die ein verliebter Pilot über der Erde dreht, nachdem sie vor langer Zeit schon von allen anderen besetzt wurde.

10.
Dichtung ist im ganzen eine Periphrase des Menschenlebens. Jenseits der sogenannten Avantgarden von einst hat sich ein weites Feld aufgetan. Man kann nun wieder von vorn anfangen, ein jeder bei sich selbst. Die Uhr ist für jeden, der das Zeug zum Dichter hat, auf Anfang gestellt. Noch hat der alte Hegel-Satz »Dichtung ist die Kunst der Künste« seinen Sinn nicht völlig eingebüßt. Nicht nur hat das Spiel der Dichtung sich so wenig abgenutzt wie die Suche nach dem Lebensglück, der Geschäftssinn und die sexuelle Liebe, nicht nur geht sie in ihren Ansichten und Problemen höchst lebendig mit ihrer Zeit mit. Sondern es bleibt in diesem Spiel auch noch immer ein Überschuß, eine stille Reserve, die über den Tag hinausweist. Jeder gelungene Vers ist wie der Bogen, von dem der Gedanke als Pfeil davonschwirrt, und der Leser hat lange das Nachsehen und kommt von den Blicken ins Blaue mit seltsam angereicherter Psyche zurück.

Die Poesie ist das schlechte Gewissen der Literatur. Von den Literaturgewaltigen weiß eigentlich keiner so recht, was er mit ihr anfangen soll, alle haben ein wenig Angst vor ihr oder gehen ihr aus dem Weg. Da ist der kultivierte, weltläufige Verleger, der in seinem Rennstall sich pflichtschuldigst immer ein bis zwei Lyriker hält, die ein Lektor im stillen striegelt. Manchmal läßt man sie dann heraus und führt diese stolzen Tiere einem Publikum von Kennern vor, die fachmännisch ihre Vorzüge taxieren. Für solche Zwecke hat man mittlerweile den Welttag der Poesie eingeführt. Dann ist da der erhabene Zeitungskritiker, der ihre schmalen Bändchen in einer zweispaltigen Rezension großmütig mit subtilem Lob übergießt oder sie mit einer unendlich lässigen Drehung des Handgelenks fallen läßt, auf jeden Fall geht es immer sogleich ums Ganze: ewige Verdammung oder Adoption auf Lebenszeit. Nebenbei gesagt macht es sich gut, einen Dichter zu protegieren, es ist eine Demonstration von Feingefühl, die nichts kostet, und man setzt gern auf Pferde, von deren Stärken die meisten nur vage Vorstellungen haben. Schließlich ist da noch der Akademiker, der eine bescheidene Existenz darauf zu gründen hofft, daß er sich mit einer Einzelstudie über einen dieser Schwierigen profiliert.

Hinter allem aber steht das Gedicht als freundliches Absolutum der Sprache, unscheinbarstes, unaufwendigstes aller Kunstwerke – das einzelne, frei geborene, unberechenbare nächste Gedicht.

Durs Grünbein
im Suhrkamp und im Insel Verlag

Antike Dispositionen. Aufsätze. 404 Seiten. Gebunden

Die Bars von Atlantis. es 2598. 60 Seiten

Berenice. Ein Libretto nach Edgar Allan Poe für eine Oper von Johannes Maria Staudt. Bütten-Broschur. 72 Seiten

Der cartesische Taucher. Drei Meditationen. eu 7. 143 Seiten

Das erste Jahr. Berliner Aufzeichnungen.
Gebunden und st 3513. 328 Seiten

Erklärte Nacht. Gedichte. 149 Seiten. Gebunden

Gedicht und Geheimnis. Aufsätze 1990-2006. st 3890. 300 Seiten

Gedichte. Bücher I-III. 401 Seiten. Gebunden und Broschur

Grauzone morgens. Gedichte. es 1507. 93 Seiten

Liebesgedichte. Mit einem Nachwort von Peter von Matt.
it 3398. 80 Seiten

Lob des Taifuns. Reisetagebücher in Haikus.
IB 1308. 131 Seiten

Der Misanthrop auf Capri. Historien / Gedichte.
BS 1394. 126 Seiten

Nach den Satiren. Gedichte. 250 Seiten. Gebunden

NF 426/1/8.09

Porzellan. Poem vom Untergang meiner Stadt.
67 Seiten. Gebunden

Schädelbasislektion. Gedichte. 154 Seiten. Gebunden

Strophen für übermorgen. Gedichte. 205 Seiten. Gebunden

Den Teuren Toten. 33 Epitaphe. 48 Seiten. Bütten-Broschur

Una Storia Vera. Ein Kinderalbum in Versen.
IB 1237. 48 Seiten

Vom Schnee oder Descartes in Deutschland.
144 Seiten. Gebunden

Warum schriftlos leben. Aufsätze. es 2435. 128 Seiten

Aischylos/Durs Grünbein. Die Perser. Stück und Materialien.
es 3408. 72 Seiten

Aischylos/Durs Grünbein. Sieben gegen Theben. Mit einem
Nachspiel. es 3431. 70 Seiten

Seneca/Durs Grünbein. Thyestes. Zweisprachige Ausgabe.
Mit Materialien zur Aufführung und zur Übersetzung.
184 Seiten. Broschur

Im *hörverlag* erschien die CD Durs Grünbein, **Das Ohr in der Uhr**. Gedichte aus 13 Jahren. Gelesen vom Autor

NF 426/2/8.09